AF392584

NARRACIONES
DE LA NOCHE

Pewmafe

NARRACIONES DE LA NOCHE

PRIMERA EDICIÓN
Enero 2022

Editado por Aguja Literaria
Noruega 6655, dpto. 132
Las Condes - Santiago de Chile
Fono fijo: 56 - 227896753
E-Mail: contacto@agujaliteraria.com
www.agujaliteraria.com
Facebook: Aguja Literaria
Instagram @agujaliteraria

ISBN
9789564090115

Nº INSCRIPCIÓN:
2021-A-6636

IMÁGENES
Tapas e interior: Juan Carlos Paineo García

ÍNDICE

LA HORA DEL PASEO

Niveles
de
pensamiento

Siempre viene, muy puntual, a esta hora, pero hoy se ha retrasado. No sé qué le habrá sucedido. Aunque es olvidadizo, jamás se ausenta a nuestra cita porque somos buenos amigos, creo que soy el único que tiene. Muchas veces se rasca la melena, debe tener pulgas andando por ese cuerpo viejo que no se baña muy seguido. Pese a que no es muy limpio, hay veces en que me acerco y lo acaricio.

Desde que lo conozco es anciano. Por supuesto que debe ser de una especie muy rara, es el único que he visto así, con ese pelo rojo que le crece por todo el cuerpo, especialmente en la cabeza, formando la tupida melena que ya mencioné.

A pesar de su avanzada edad, es ágil, por eso me extraña que no haya llegado. Cuando viene se pone alegre al verme, me da la mano como todo un caballero y recorrimos el parque juntos, jugando sobre los prados. Le gusta echarse siempre en el mismo rincón, ese que se forma entre dos árboles en la esquina de la plaza; yo lo acompaño gustoso y así pasamos la tarde. Somos realmente muy buenos amigos.

Se ha retrasado demasiado, desde hace varios minutos que lo espero en la puerta de mi casa, pero no ha asomado ni la nariz. Nos da hambre a la misma hora y estoy empezando a tener apetito, debe ser señal de su pronta aparición. Recuerdo la última vez que estuvimos juntos y comimos unas gigantescas porciones de carne. Yo la prefiero bien cocida y él medio cruda, tiene una dentadura excelente y devora con ferocidad a pesar de su edad.

Algo se divisa a la distancia, es una silueta familiar. ¡Pero si es él!, se acerca con su paso pausado, sin apuro e ignorando que lo espero.

Ya se encuentra muy próximo. Al llegar, me pone el collar en el cuello y nos vamos a pasear.

NOCHE DE HOTEL

Cuando el
sueño tarda,
es mejor
esperarlo

Era de noche en aquella ciudad desconocida y el frío hacía doler mis huesos. Sabía que en unos minutos más quedaría en la calle, así que apresuré el paso mientras miraba los letreros luminosos que, de vez en cuando, encandilaban mis ojos al publicitar sus productos.

Así fue como por fin, entre restoranes, bares y otros lugares carentes de buena reputación, di con un hotel.

Ingresé al salón principal, apenas iluminado por un antiguo candelabro de veintiuna velas que colgaba en medio del techo. Me aproximé al mesón de recepción y toqué la campanilla, pero nadie acudió. Moví la mano para hacer sonar de nuevo el tintineo cuando me detuve ante la presencia de un señor con corbata que me preguntó si deseaba una habitación. Le contesté que sí, que necesitaba una con agua caliente, porque mi cuerpo pedía a gritos una buena ducha después de tan agotador viaje.

—Tengo el cuarto perfecto para usted —me respondió, agregando un comentario acerca del excelente amoblado y que, además, había un televisor.

—Interesante —acoté con tono desganado. En realidad, no me interesaban los muebles que tuviese la habitación, lo

33

único que deseaba era tomar una ducha caliente y dormir hasta el otro día en una cama confortable.

—Pero trate de no encender el televisor por la noche — dijo el recepcionista.

—No se preocupe, no necesito hacerlo. Le aseguro que me dormiré apenas caiga sobre el lecho.

—Muy bien. —Descolgó una llave del perchero y me la entregó; tenía escrito el número treinta y tres—. Que tenga buenas noches.

El pasillo estaba oscuro y silencioso, pero eran las once de la noche, entonces intenté no extrañarme: "Todos los hospedados deben estar durmiendo", pensé. Al caminar noté que el sonido de mis pisadas era muy notorio, aunque el pasillo estaba alfombrado. A pesar de aquella extraña atmósfera y tratando de evitar pensar en ella, atribuí mi percepción a los nervios, al fin y al cabo, era la primera noche que pasaba en una ciudad tan ajena a mí.

Las escaleras me dieron una buena impresión mientras subía al tercer piso, al igual que las puertas, estaban hechas de una elegante madera color caoba. Al llegar al número treinta y tres, me percaté de lo mucho que había recorrido; salí de mi asombro y entré en la habitación.

La ducha fue muy gratificante, luego me puse el pijama y me tendí sobre la cama, cuyo colchón blando y espumoso me invitaba a cerrar los ojos. Después de un tiempo intentando quedarme dormido, y a pesar de estar extremadamente cansado, no pude conseguir que el sueño se apoderase de mí; de pronto sonó la alarma de mi reloj, lo que se repitió en tres ocasiones, indicando que habían transcurrido tres horas; fue en ese momento cuando me convencí de que sería inútil pernoctar ahí, así que me senté en la cama.

El televisor era grande, lo observé un instante con la tentación de encenderlo, pero recordé las palabras del recepcionista. Era absurdo, ¿para qué tenía un televisor en el cuarto si no podía usarlo? Luego de cavilar un rato, apreté el interruptor y apareció la imagen. Era una película de terror, así que presté atención por si la trama resultaba de mi agrado. Lo primero que vi fue la fachada de un hotel muy parecido a donde me hospedaba, después se oyó una respiración fuerte y acentuada; era la típica escena envuelta en misterio, vista desde la perspectiva de un ser no identificado que se dirige hacia el lugar en donde está su víctima.

El personaje se acercó al hotel e ingresó al salón principal, abarcando toda el área con su visión, incluso un candelabro con velas que colgaba del techo. Luego su mirada enfocó unas escaleras y se dirigió hasta ahí, resollando. Comenzó a subir lento y al compás del crujido de la madera bajo sus pies, hasta llegar a un pasillo lleno de habitaciones. Sin duda, en alguna de ellas se encontraba su víctima. Avanzó por el corredor enfocando en primer plano los números en las puertas: treinta, treinta y uno, treinta y dos, treinta y tres...

De un momento a otro despegué la mirada de la pantalla, volteé hacia la puerta y me helé por completo: la manilla se movía igual que en el televisor. Volví a observar la película justo cuando en ella se abrió la puerta y, tras esta, apareció la criatura más espeluznante jamás vista. Temiendo encontrarme con aquel monstruo frente a frente, no me atreví a voltear, pero sentí su respiración a mis espaldas.

No sé cómo lo hice, pero me armé de valor y salté por la ventana. Mientras atravesaba el cristal, recordé que me encontraba en el tercer piso, y al caer, me invadió una horrible sensación de vértigo que me hizo despertar abruptamente sobre la cama, bañado en sudor. Sobresaltado, luego de tan escalofriante experiencia, vi que el televisor no estaba. Bajé al salón principal y pagué la cuenta.

—¿Le agradó la película de anoche? —me dijo el recepcionista antes de partir. Lo observé con suspicacia y me marché sin decir nada.

Al salir del hotel vi pedazos de vidrio en el suelo. Miré hacia arriba y la ventana del tercer piso estaba rota.

CINCO AÑOS

Raúl salió cabizbajo del hospital, el médico le acababa de informar que solo tenía veinticuatro horas de vida.

Vagó por las calles pensando en qué podía hacer con el poco tiempo que le quedaba. Decidió ir al campo, a una pequeña casa abandonada y olvidada por el mundo, donde nadie lo molestaría en su lecho de muerte.

Momentos antes de partir, algo muy peculiar en una tienda llamó su atención: se vendía tiempo. Al entrar, el encargado le ofreció desde económicas millonésimas de segundo hasta milenios completos.

Raúl le compró cinco años y recibió un reloj pulsera que marcaba el tiempo adquirido. "Original forma de vender relojes", pensó y luego emprendió viaje.

Relegado en la casa de campo, se tendió sobre la cama a esperar la muerte. Los dolores de su extraña enfermedad eran insoportables, por lo que deseaba encontrar pronto el descanso eterno.

Pasaron las veinticuatro horas y la vida seguía aferrada al cuerpo de Raúl, quien desfallecía de dolor.

De pronto miró el reloj pulsera que había comprado y se dio cuenta, extrañado, de que comenzaba a funcionar, aunque no tenía batería.

Pasada la medianoche, ya no era capaz de tolerar los padecimientos de su estado. Entre gritos, le pidió a la funesta *Parca* que se lo llevase y terminase con su tormento, pero como la Muerte no le hizo caso, optó por el suicidio.

Despertó abruptamente y sintió alrededor del cuello la apretada soga en forma de dogal que lo tenía colgando del techo. Se había ahorcado, pero seguía vivo. De un segundo a otro, la sensación de asfixia se apoderó de él.

Quedó colgado soportando esa agonía durante cinco años, hasta que el reloj se detuvo al cumplirse el tiempo que había comprado.

COLILLAS Y ESTACIONAMIENTO

Un eterno espiral
es cuando el fin
de un destino,
es el comienzo
de otro

Rodrigo terminó de fumar, arrojó la colilla al suelo y la aplastó con su pie; al levantarlo, los restos del cigarrillo aún exhalaban el último hilo de humo, delgado y tiritón.

De pronto, fue abatido por el recuerdo del día más terrible de su vida: la noche en que también aplastó un cigarrillo en aquel estacionamiento subterráneo donde se encontraba su vehículo. Escuchó unos gritos y, sobresaltado por el bullicio, se escondió tras un auto. Desde ahí, divisó a un hombre descontrolado que arrastraba por el piso a una mujer, ella le imploraba que no la lastimase, que lo había hecho porque se asustó; el sujeto extrajo un cuchillo de su bolsillo y la apuñaló reiteradas veces, dejándola sin vida en un rincón oscuro del estacionamiento. No podía creer lo que acababa de presenciar, corrió hacia el cuerpo para ver si algo se podía hacer. Una vez cerca, se estremeció al ver tanta sangre y un mohín de terror impregnado en el rostro de la víctima. En ese instante bajó al subterráneo una señora, quien, al encontrarse con la espantosa escena, comenzó a gritar desesperada hasta que llegaron los guardias y la interrogaron. Apuntando a Rodrigo, les dijo que era el culpable, que lo había sorprendido en el acto, entonces lo detuvieron;

días después, fue sentenciado a sesenta años de prisión, de los cuales solo cumplió veinte por buena conducta.

Un bocinazo sacó a Rodrigo de sus pensamientos, acordándose del motivo por el cual se encontraba allí. Bajó del auto a una mujer, la misma que veinte años antes lo había acusado de un crimen que jamás cometió.

Mientras esto ocurría, Ignacio pisaba la colilla de su cigarrillo e ingresaba al estacionamiento en dirección a su camioneta. Escuchó unos gritos y se escondió, siendo testigo de cómo Rodrigo asesinaba a la mujer y la dejaba en el suelo. Al acercarse al cuerpo sin vida, Ignacio fue sorprendido por una mujer que luego lo acusó de ser el asesino.

Veinte años después, Esteban pisó una colilla a la entrada del estacionamiento y, al lado de esta, se encontraba otra aplastada, la misma que había pisado Ignacio unos momentos atrás...

ILUSIÓN

Mientras caminaba, Bernabé sintió en su rostro una fría brisa y cerró los ojos para percibirla con más intensidad. Era la brisa marina, no había duda, porque podía escuchar el sonido de las olas al romper, aquella tarde de paseo por el muelle.

El mar rugía cada vez más fuerte, las amarras de los botes recorrían su piel y la tórrida presencia del sol calcinante caía sobre su frente y cubría toda la playa, en cuya arena iba hundiendo los pies y dejaba huellas que luego el viento se llevaría.

Se apoyó en el malecón donde le gustaba disfrutar de un cigarrillo y cuando echó el humo por la boca se maravilló de estar allí, fumando y sintiendo la voz del océano.

De pronto, el viento hizo volar el cigarrillo lejos de su boca y se oscureció todo con la llegada de la noche, solo podía ver el lucero brillando en una esquina del cuadro del firmamento.

Cuando el general dijo "¡Fuego!", supo que el sonido de las olas eran los gritos de la multitud, que no estaba apoyado en el malecón sino atado a un tronco, que la soga no sujetaba los botes sino sus muñecas, que la oscuridad no había sido traída por la noche sino por la capucha que tapaba su cabeza, que el lucero era una pequeña fisura en la tela, que su andar por la playa sintiendo la brisa no era más que

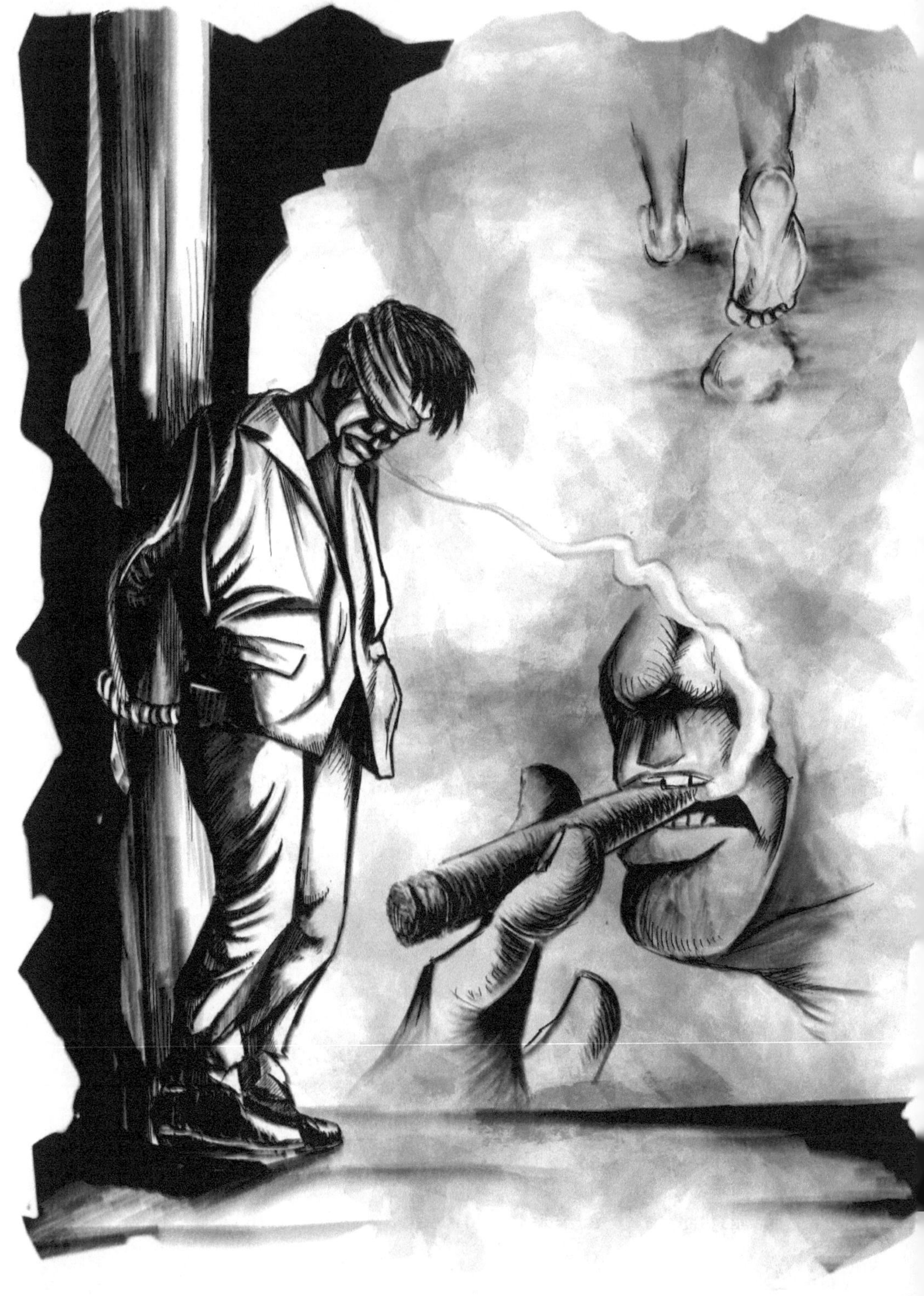

el arenoso camino al paredón y que aquel cigarrillo, que el gendarme y no el viento le había arrebatado, sería su último deseo.

NUEVE DE NOVIEMBRE

A Fernanda

Durante esa primavera, María, con el vientre abultado, salía todas las mañanas a caminar por las solitarias calles de su pueblo. Todo era normal hasta que comenzó a interesarse con pasión por el aroma de las flores; apenas veía un árbol florido se detenía e impetuosa inspiraba y absorbía su fragancia.

Las personas del lugar notaron su ritual matutino y no tardaron en hacer comentarios; decían que la muchacha era muy extraña, incluso, que solo se alimentaba del aroma de las flores. Este rumor se fue esparciendo hasta que todo el mundo estuvo convencido de ello, y cuando la veían arrimada a los rosales con su nariz sobre los pétalos, la veracidad de la historia cobraba mayor fuerza, y más aún, al notar que el vientre de la chica aumentaba su tamaño. En realidad, nadie comprendía su comportamiento ni lo que le sucedía.

Una madrugada se mostró muy enferma, padecía horribles dolores en el estómago; al escuchar los gritos, las vecinas más cercanas acudieron en su ayuda. Inmediatamente entendieron que iba a dar a luz y se dispusieron a recibir al bebé; todas esperaban a que se asomara la criatura, pero la sorpresa fue inmensa al ver que la muchacha no paría un bebé, sino algo que las maravilló.

Del vientre de María nacía una hermosa flor.

LA MISIÓN

Existe otro
tipo de consciencia,
que está despierta
cuando nosotros
dormimos

Clemente le encomendó la misión de despertarlo a las siete de la mañana. Se tomaba muy en serio ese tipo de responsabilidades, entonces apenas Clemente se durmió, comenzó su ininterrumpida vigilia.

Tenía permitido dormir, pero no lo hacía porque se preocupaba demasiado pensando que Clemente podría necesitarlo a mitad de la noche. Las veces que intentó cerrar los ojos no lo consiguió, porque los *tictacs* del reloj se agolpaban dentro de sí, recordándole su misión; entonces continuó en vela hasta la madrugada, como dominado por una obsesión demente, contando cada segundo, minuto y hora que transcurría.

Su ansiedad creció desproporcionada a las siete menos dos, lo único que deseaba era despertar de una vez a Clemente; a las siete en punto dejó salir un molesto grito. Al comienzo desconoció su propia voz, le pareció más chillona que de costumbre, pero dejó de lado esa percepción y continuó haciendo ruido.

A pesar del empeño que ponía en cumplir con su tarea, Clemente no se movía; desesperado, pensó incluso en remecerlo o abofetearlo para que despertara, pero cuando intentó levantarse su cuerpo no le respondió, se encontraba tieso, el *tictac* en su pecho era cada vez más intenso y sus gritos incesantes se volvían más molestos.

Al ver que el durmiente seguía sin reaccionar intentó levantarse de nuevo, pero justo Clemente despertó y acalló sus alaridos con brusquedad. Desilusionado, volvió a ser consciente de su realidad, en la que no era más que un reloj despertador.

LA OTRA MEJILLA

A veces
el problema
es uno,
pero las soluciones
son muchas

Romelio se encontraba sentado en una banca de la avenida principal y con las manos cubría su rostro, como queriendo desconectarse de la realidad. Lo levantó, mostrando al mundo sus demacradas facciones y unas ojeras oscuras y pronunciadas; hacía dos noches que no dormía debido a un problema que le afectaba y estaba dispuesto a solucionar haciendo lo que fuera.

Observó con detención a las personas que circulaban por el lugar, buscando a alguien en especial, a quien encontró después de largo rato: un sujeto alto y fornido, que más que hombre parecía gorila; se acercó y, decidido, comenzó a insultarlo. El corpulento individuo lo miró asombrado, pero Romelio no le dio importancia y siguió proclamando improperios cada vez más agrios.

La gente que pasaba miraba con lástima a aquel demente infeliz que gritaba en medio de la calle y se reían de su pobre víctima.

El aludido, al notar que estaba haciendo el ridículo por culpa del loquito, le ordenó con voz autoritaria que se calmara, pero Romelio apenas lo escuchó le dio una enérgica cachetada en la mejilla derecha.

Al ver que el hombre echaba su brazo hacia atrás preparando el contragolpe, Romelio volteó la cara y recibió el

impactó en la mejilla izquierda; desplazado varios metros, cayó al suelo.

Segundos después se puso de pie, escupió sobre su mano una muela ensangrentada y la examinó, luego emitió un profundo suspiro y se marchó satisfecho… había logrado sacarse la muela picada que lo estaba haciendo enloquecer de dolor.

ABSURDA OSCURIDAD

De noche
todos los
gatos son
negros

Otra noche sin luz.
Enciendo una vela.
Oigo ruidos en el patio.
Llamo a la policía.
Salgo a investigar.
Se me cierra la puerta.
Se me apaga la vela.
Olvidé las llaves adentro.
La policía me sorprende.
En el calabozo pienso: "Qué absurdo es esto".

EL CUADRO

*El ser humano
siempre muta
la naturaleza*

El pintor retrató un hermoso paisaje a la orilla del mar.
El día estaba despejado y el sol regalaba su cálida luz.
El alma melancólica del artista se mostró desconforme ante tal paraje.
Pintó entonces unas inmensas nubes grises y entregó al mar la misma tonalidad.
Ennegreció de tal modo los nubarrones que, al finalizar la obra, comenzó a llover, empapándose junto a su cuadro.

Picasso

LA GOTA

Un auténtico
descuido

Un Picasso, ¡Tenía un auténtico Picasso en mis manos! Me lo había enviado un primo de España, no me dijo cómo lo consiguió, pero ahora era mío, un dibujo delineado y firmado por la misma mano del maestro.

Lo vendería en una galería de arte al mejor postor, entonces, arrebatado por la alegría, abrí una botella de vino y brindé junto al dibujo.

Al día siguiente me reuní con el encargado de la galería y al mostrarle la obra le recalqué que se trataba de un auténtico Picasso.

—¿Y cómo sé que es un Picasso? —me dijo, incrédulo.

—¿Acaso no sabe de arte?

El sujeto, ofendido por esa respuesta, me dijo que era un farsante mentiroso y llamó a los guardias que me sacaron a empujones.

Caminé unos pasos pensando en la razón por la cual el encargado había dudado de la autenticidad del dibujo; al observarlo, me percaté de que una gota de vino había manchado la firma.

UN SEGUNDO DEL AHORA

*Un cigarrillo
junto a Rodrigo Biondi,
bebiendo mezcal
y escuchando
"Con una pala y un sombrero"
de Gervasio,
es uno de mis
recuerdos más preciados,
de aquellos tiempos
de suicida*

Bruno, miembro de un escuadrón especial de la policía, subía presuroso las escaleras de un viejo edificio de cinco pisos. Su destacada labor como psicólogo en la institución lo acreditó para formar parte de aquel grupo que, en esos momentos, atendía un intento de suicidio.

Llegó exhausto a la azotea, divisó a alguien parado al borde del precipicio y se acercó con lentitud.

El desequilibrado sujeto, con la mirada perdida en el vacío, no notó la presencia del especialista hasta que estuvo a unos metros de distancia; al percatarse de su proximidad, reaccionó y, haciendo ademanes de lanzarse, dijo con voz autoritaria:

—No se acerque o salto.

Bruno se detuvo y de soslayo miró a la distancia la calle repleta de vehículos policiales y carros de bomberos.

—Entiendo que a veces las cosas son difíciles, pero ese no es motivo para quitarse la vida —argumentó Bruno, queriendo ganarse la atención del suicida.

—¡Cállese, usted no entiende nada!

—Si me explicara podría entenderlo, estoy seguro de que encontraríamos una solución.

Al oír esas palabras el tipo se echó a reír.

—Esto no tiene solución, no sea necio.

Al darse cuenta de que había logrado entablar una conversación, el policía se empecinó en conocer el motivo que tenía a aquel hombre en ese estado.

—En verdad quiero saber qué es lo que le afecta.

—¿Acaso se volvió loco? —reprochó con la voz desgarrada y los ojos desorbitados—. Será mejor que se vaya, le digo que usted no necesita saber de estas cosas. Márchese y déjeme morir en paz.

El psicólogo presentía que si insistía un poco más podía obtener la información que quería y convencer al sujeto de no saltar.

—En realidad no me interesa si usted se mata o no, solo pregunto por curiosidad, así que dígame qué diablos es lo que le pasa.

El suicida dibujó una pequeña sonrisa en sus labios y meditó un momento.

—Está bien, se lo diré. —Volvió el rostro—. Solo vivimos de recuerdos...

Bruno frunció el ceño y el individuo estalló en carcajadas.

—No lo entiende, ¿verdad? —respondió, reemplazando la risa por un rostro serio y voz lúgubre, como si las palabras que estaba a punto de decir lo perturbaran profundamente; luego, dio inicio a su extraña explicación.

—El presente casi no existe, dura menos que un segundo y luego se va —hablaba cada vez más alterado y la entonación grave de su voz se transformó en histéricos gritos—. ¡Se va!, ¡no nos percatamos de ello y en menos de un segundo todo es pasado!, ¡hasta estas palabras lo son!, ¡en realidad no estamos viviendo sino recordando!, ¡nada es verdad, todo es un recuerdo, una maldita ilusión!

Los policías, bomberos y gente reunida en la calle oían

a lo lejos el eco de los gritos del loco que seguía vociferando. Cuando la confusión se apoderó de todo pensamiento, la vida se transformó en un absurdo, nada era lo que parecía y existir no tenía sentido. De pronto, un cuerpo se lanzó al vacío.

Los ojos de los espectadores siguieron la rauda travesía hasta que la cabeza de Bruno se azotó en el suelo.

CLASE DINÁMICA

Lo que se aprende
a través de experiencias
nunca se olvida

Sabina llegó a las diez en punto al Instituto Cultural. La habían invitado a un curso sobre el caos y, como le interesaban mucho los fenómenos sociales, aprovechó de inmediato la oportunidad.

Al entrar al salón, había doce personas sentadas formando una media luna. Se sumó al grupo y llegó el profesor, un joven simpático que les dio la bienvenida. De un momento a otro, su cara se tornó seria, se acercó a un alumno y lo golpeó con violencia, haciéndolo caer de espaldas con la nariz llena de sangre. El vecino del agredido reaccionó al instante, dándole al profesor sendas patadas en el estómago. Una muchacha, a quien le agradaba el maestro, se levantó en su defensa, cogió del pelo al atacante y lo azotó contra el suelo.

Sabina, aterrada ante tal espectáculo, se mantenía aferrada a su silla sin siquiera atreverse a respirar, mientras en la sala se formaban dos bandos: uno a favor del profesor y otro en contra.

Minutos después, solo se podía apreciar un ir y venir de puñetazos y patadas, una masa de cuerpos golpeándose entre sí y un desfile de rostros ensangrentados.

Después las sillas volaban y caían sobre las cabezas que desaparecían y volvían a flotar entre el tumulto. Un enre-

do de brazos se asomaba a ratos para lanzar más sillas que quebraban narices o herían adversarios.

Sabina seguía estática en su puesto, contemplando con terror lo que ocurría, pero luego de meditar un momento se levantó repartiendo golpes a diestra y siniestra.

Ella también quería aprender algo sobre el caos.

DEPRESIÓN

En una crisis
nada parece
anormal

Había sido un año de depresión, la economía era pésima y la gente estaba cada vez más desesperada. Octavio notaba cómo aumentaba, día tras día, la desesperanza de las personas ante la crisis, y cuando supo que habían encontrado otro esqueleto humano en el parque, se convenció de que la situación llegaba a límites extremos.

Mientras caminaba por la avenida, iba pensando en lo aburrido que estaba de la rutina y la decadencia en que todo se encontraba; de pronto, descubrió unos hermosos ojos negros en medio de la multitud; era una bella mujer de ondulada cabellera azabache que lo miraba fijo. Maravillado, no pudo desprenderse de aquellos ojos hasta que la desconocida se perdió entre el gentío y durante toda la tarde no pudo borrar de su cabeza esa mirada especial.

Al día siguiente volvió al mismo punto a la misma hora del encuentro anterior. Emocionado, vio que las mágicas pupilas negras se le acercaban, acompañadas de una sonrisa. Desde entonces, tampoco pudo olvidar esos deleitantes labios carnosos, y pararse en medio de la avenida se volvió habitual. En el encuentro que vino después, ya no solo era la cabellera, los ojos y la sonrisa, sino también un meloso "¿Cómo estás?". Presa del embobamiento, respondió con un "bien", mientras veía paralizado cómo ella se alejaba.

Salió una noche de la oficina, cargando como siempre los recuerdos de aquellos efímeros encuentros. Había oscurecido y la avenida estaba vacía, pues nadie salía a esas horas a causa

de los esqueletos encontrados. Por esta misma razón, al pasar por el parque aceleró el paso, pero cuando iba por la mitad de la arboleda se detuvo; sentada en un banco bajo la penumbra creyó ver una silueta conocida. "No es posible", pensó, hasta que alguien oculto entre las sombras lo interpeló.

—¿Ya no te acuerdas de mí?

Al instante reconoció el meloso sonido de la voz que lo cautivaba en la avenida y quedó helado de impresión.

—Acércate, te he estado esperando —le dijo con tono seductor.

Con el corazón en la garganta se fue aproximando y se sentó a su lado. Al acostumbrarse a la lobreguez, pudo ver con claridad el cabello ondulado, los profundos ojos negros y sus labios que le indicaban que la besara; obedeciendo la petición, dejó salir a flote toda la pasión acumulada. Ella lo acarició y comenzaron a desvestirse mutuamente. Frente a su cuerpo desnudo por primera vez, no pudo evitar sentirse cada vez más enamorado de todas sus cualidades, y cuando estuvo por fin entre sus piernas, casi desfalleció de placer. En forma sorpresiva, la mujer lo abrazó y besó con pasión, pero un dolor intenso hizo que Octavio se apartara; con horror, vio cómo su compañera masticaba con deleite la carne arrancada de los labios y se abalanzaba sobre él para morderle la mejilla.

Preso de dolor entre cuatro violentas extremidades, pidió ayuda a gritos, pero nadie lo escuchó y sus alaridos se hicieron más imperceptibles hasta que se apagaron.

Al amanecer, hallaron otro esqueleto en medio del parque.

INUSUAL LECTURA

*El misterio
seduce y
atrapa*

Esa mañana, Ulises se sentó en una banca de la plaza, encendió un cigarrillo, abrió la novela en el capítulo uno y comenzó a leer. La trama le pareció interesante, así que devoró la historia hasta llegar a la última página de la primera parte. El capítulo finalizaba en la mitad de la hoja; a continuación, notó que había algo escrito. Leyó y se dio cuenta de que era el fragmento de un relato. Trataba de un sujeto que encontraba un manuscrito en la parte blanca de la hoja de una novela.

No le prestó atención a su hallazgo y siguió con la lectura original. Al terminar el segundo capítulo, se volvió a encontrar con la caligrafía pirata que continuaba con la narración inconclusa de las páginas anteriores: "El texto clandestino despierta la curiosidad del tipo". Extrañado, abandonó la lectura de la novela y se dirigió al final de tercer capítulo: "…deja la lectura de la novela y centra su atención en la caligrafía ajena, tratando de desentrañar el misterio que reside en las partes limpias de las páginas". Avanzó rápido hasta el cuarto capítulo: "El sujeto avanza hasta el cuarto capítulo, sin saber que el desconcierto se apoderará de él cuando descubra que el relato termina de forma inesperada". Desconcertado, buscó si al final de los demás capítulos encontraba algo, pero solo tuvo éxito en la última hoja del libro: "Cortázar 863".

Pensó en la biblioteca pública y dedujo que ese número debía ser la ubicación de algún libro. Su búsqueda concluyó frente a La Isla a Medio Día de Julio Cortázar. Ojeó las páginas y se estremeció al llegar al final del primer capítulo y reconocer la letra que ahí figuraba.

"El sujeto busca en su libro si el relato continúa en alguna parte, pero solo encuentra una pista que lo lleva a la biblioteca: Cortázar 863".

Avanzó hasta el final del segundo capítulo y entendió que la dinámica de la novela anterior se repetiría; cada vez se sumergía más en aquel misterioso juego. "Cortázar 711" volvió a cortar de forma abrupta la narración, pero esta vez Ulises sabía dónde buscar. En Final del juego decía: "El sujeto se obsesiona y arranca las hojas de los libros, archivándolas para formar un texto". Luego, "García Márquez 621", Cien años de soledad: "…se lanza eufórico sobre las estanterías". Así continuó entre nuevas pistas y títulos. Se sentía entusiasmado y afortunado de haber hallado tan interesante tesoro, pero de pronto la emoción fue reemplazada por la confusión: "Viajes 531". No reconocía esa pista como el título de un libro, preguntó a las bibliotecarias, pero tampoco le dieron respuesta, entonces se retiró del edificio desesperanzado y con el montón de páginas bajo el brazo.

Caminaba sin rumbo cuando los bocinazos lo sacaron de su ensimismamiento; de pronto una idea se apoderó de su mente, le devolvió el ánimo y lo motivó a entrar en el terminal de buses por el que pasaba en ese momento. "Viajes… este es el lugar de los viajes", pensó.

Estuvo recorriendo el lugar e intentando descifrar el último enigma por varias horas. Primero se le ocurrió que podía tratarse del boleto 531, luego de algún bus, pero no había vehículos con tantos asientos ni uno con ese número. Cuando estuvo enfrente de las gavetas guarda maletas, se reprochó por no haberlo pensado antes, pero su rostro se iluminó de alegría; la gaveta 531 estaba en mal estado y le faltaba la puerta. Escudriñó el interior del pequeño compartimiento y en la parte superior palpó algo extraño, era un

Tu destino es el fin

papel pegado con cinta adhesiva. Lo retiró con cuidado y leyó su contenido: relataba el trayecto realizado desde que había abandonado la biblioteca. "...saca el papel de la gaveta y cree que en este encontrará el final de la narración, pero se equivoca. Recuerdos 999".

No podía creer que seguía sin conocer el desenlace de la historia y tampoco sabía cómo interpretar esa nueva dirección. "¿En dónde hay recuerdos?", pensaba, mientras una voz dentro de su cabeza no paraba de repetir: "Novecientos noventa y nueve...". Al final, casi a punto de anochecer, se dio por vencido y tomó un taxi para volver a su casa. Iba mirando por la ventana, melancólico, cuando la chispa en su cerebro se volvió a encender; el lugar frente a sus ojos era el que buscaba: el cementerio. Bajó del auto e ingresó al panteón, empecinado en hallar la tumba con el número en cuestión; en esta descansaba un tal Josué Espíndola, lunático en su época. Observó el sepulcro y, para su sorpresa, la respuesta estaba a la vista, el epitafio tallado sobre la lápida decía: "El final está bajo tus pies".

Minutos después, volvió con una pala y comenzó a cavar bajo el cielo oscuro, despejó el ataúd cubierto de tierra y quitó la tapa, dejando descubiertos los huesos del difunto que estaban envueltos en los restos de un elegante traje. Buscó en los recovecos y bolsillos, ahí encontró un sobre sellado que abrió y leyó invadido por los nervios: "El sujeto, en su búsqueda de la última parte del relato, desentierra un ataúd en el cementerio y encuentra un so...". De pronto, una voz amenazante interrumpió la lectura: "¡No te muevas!". Era el rondín del cementerio apuntando con su escopeta. Ulises se asustó y salió corriendo, pero el disparo que recibió en un costado del cuerpo lo hizo caer de bruces.

Herido de muerte, agonizando entre las tumbas, terminó de leer el papel, pero ya no había más direcciones, entonces supo cuál era el final.

UN OJO DE LA CARA

No crea
que es fantasía,
porque un
tipo vendió
sus riñones
para pagar
lo que debía

Fermín salió a la calle y en el quiosco de la esquina compró un diario. De regreso en su casa, se sentó en el sillón y se dispuso a leer las noticias; todas hablaban de los importantes cambios en la economía actual, la crisis nacional o la inflación, pero no les dio importancia. Pensó que era el sensacionalismo de la prensa haciendo de las suyas y además sabía que esas cosas solo sucedían en la ciudad, no en su pueblo, donde todo marchaba bien. Más tarde, al retirar la correspondencia de su buzón, encontró una carta de cobranza: debía pagar una deuda con urgencia o sus bienes serían embargados. Se preocupó y decidió viajar de inmediato a la ciudad.

Una vez allí, caminó desde el terminal de buses en dirección a la casa comercial que había membretado la carta. Subió al tercer piso del edificio y llegó a una oficina: "Departamento de cobranzas", decía un letrero; golpeó la puerta y una voz aguda lo instó a pasar. Al entrar, un guardia le indicó que debía hacer la fila y esperar su turno para pasar a la caja; había cinco personas antes que él.

La oficina era amplia, pero se encontraba descuidada: sucia, las paredes manchadas con alguna especie de polvo que las ennegrecía, la luz apenas alumbraba y se sentía, dentro de aquel aposento nauseabundo, olor a cuerpos desaseados y encierro. Comenzaron a llegar más personas; sin embargo, había solo una funcionaria atendiendo. El ambiente viciado y la interminable espera tenían a Fermín al borde del desmayo cuando le tocó su turno. Frente a la ventanilla, preguntó por el estado de su deuda y cuánto debía pagar para repactarla. La asistente tecleó en su computador y luego de observar un momento la pantalla, dijo:

—Su deuda asciende a un dedo meñique, un pulgar y una mano izquierda.

—Disculpe, ¿puede repetir lo que ha dicho?

—Dedo meñique, pulgar y mano izquierda ¿Le ha quedado claro? —contestó la cajera mirándolo con seriedad.

—¿Se siente usted bien o acaso me está jugando una broma?

—Señor, pague o haga el favor de retirarse, tengo mucha gente a la que atender.

Anonadado, prefirió irse, pero no sin antes comentarle al guardia que la asistente necesitaba una licencia médica porque estaba diciendo incoherencias. El hombre le preguntó por los dichos de la cajera y Fermín le contó sobre la peculiar deuda; "¿Qué hay de extraño en eso?" le respondió extrañado el encargado de seguridad.

Boquiabierto y sin entender, el afuerino miró a su alrededor intentando encontrar una explicación. Sus ojos se posaron en un cartel cerca de la ventanilla de atención, que decía que por deudas atrasadas se debía pagar un ojo de la cara; lo había leído al entrar, pero nunca imaginó que se trataba de un sentido literal de la palabra. Salió rápido de la oficina, pensando que se habían vuelto locos, y caminó a tomar un microbús que lo llevase al terminal para huir lo

antes posible de ese lugar. Al subir, le preguntó al conductor por la tarifa.

—Un diente de leche y una muela *picá*.

—¿Usted está ebrio?, ¿cómo puede decir semejante disparate?

— Oiga, las tarifas no las pongo yo, lo hace el Ministerio de Transporte. Si le parece muy caro, bájese.

El pueblerino descendió del bus justo afuera de una automotora y no pudo creer lo que veían sus ojos: el valor de un auto último modelo era de cuatro cadáveres y medio con impuestos incluidos.

Llegó corriendo al rodoviario, y lleno de desesperación pidió un pasaje de regreso a su pueblo. El boletero cortó el tique y le dijo:

—Son dos orejas y un ojo con lagaña, señor.

Fermín dio tres pasos hacia atrás con la expresión de terror estampada en el rostro y se marchó.

Meses después, siguió vagando por la ciudad, incapaz de acostumbrarse a los nuevos cambios económicos.

OTRO PUNTO DE VISTA

*Lo diferente
siempre es
condenado*

Todos tildaban de extraño al pequeño Agustín, quien contaba solo con media docena de años en su incomprendido existir. La gente lo veía de esa forma porque siempre chocaba con las puertas, aunque estuvieran abiertas. Era como si no notase el espacio rectangular para atravesar, iba directo hacia las hojas de madera y se daba pronunciados narizazos. Debido a esos encontrones, visitaba el hospital a menudo con agudas hemorragias nasales y lo llevaron muchas veces a diferentes oftalmólogos, pensando que se trataba de un problema a la vista. Los especialistas jamás encontraron alguna anomalía negativa, por el contrario, detectaron en el paciente una excelente capacidad de observación. A pesar de eso, las colisiones entre las puertas y el niño continuaron, mientras su nariz se parecía cada vez más a la de un boxeador.

La situación empeoró cuando en el colegio le pidieron dibujar un bosque y, en lugar de eso, trazó extrañas e incomprensibles figuras sobre el papel. En ese momento, los padres se alarmaron y el inexplicable comportamiento los terminó convenciendo de que su hijo se había vuelto loco, entonces lo llevaron a un psiquiátrico. Los médicos realizaron varias pruebas, determinaron que estaba enfermo y ordenaron internarlo junto a otros niños que, según ellos, estaban igual de desequilibrados, para hacer estudios específicos.

Los doctores tuvieron que optar por comunicarse con él a través de dibujos porque nunca quiso hablar. Entre con-

versaciones ilustradas pasaron siete años, sin embargo, el estado de Agustín no mejoró; tenían cientos de sus esbozos acumulados, pero jamás pudieron comprender sus significados. Al final, decidieron encerrarlo de por vida en un manicomio y deshacerse de sus creaciones, arrojándolas a la basura y prendiéndoles fuego.

Antes de que los dibujos sucumbieran bajo las llamas, una ráfaga de viento se apoderó de una hoja y la arrastró varios metros. El polvo del suelo mancilló el fondo de la imagen trazada, volviendo visible el contorno de los árboles de un bosque. Luego, la brisa volvió a levantar aquella hoja e hizo desaparecer la única evidencia de que Agustín no veía figuras, sino fondos.

LA SUERTE ENTRE LAS PÁGINAS

Petalhojas

Isidoro leía afanoso en la biblioteca pública e intentaba descifrar los símbolos de aquellas hojas amarillentas, cuando algo atrajo su atención: tras la página sesenta y tres, descansaba un hermoso trébol de cuatro hojas viejo y aplastado. Maravillado, lo examinó un momento, luego lo guardó en el mismo sitio donde lo había encontrado y se marchó con el libro bajo el brazo.

Camino a casa se encontró con un amigo a quien le contó sobre su hallazgo, pero al abrir el libro para mostrar la evidencia, solo había picadillo de hoja seca; su camarada le advirtió que eso era mal presagio y se despidió. Desilusionado, Isidoro abrió la mano y dejó caer los restos de trébol al suelo. Al día siguiente, pasó por ese mismo lugar; había un tumulto de gente disputando algo. Al acercarse, no pudo creer lo que vio: donde había caído el picadillo, crecieron cientos de tréboles, todos de cuatro hojas, y las personas arrodilladas en el piso los arrancaban con desesperación. Minutos después, cuando todos se habían marchado, una voz conocida interrumpió la estupefacción que lo tenía paralizado: era su amigo. Le contó del extraño suceso, pero como la recolección había finalizado y la tierra se mostraba desnuda, no pudo probar la veracidad de lo ocurrido y el incrédulo recién llegado se fue, dejando a Isidoro tan desilusionado como en el primer encuentro.

Comenzó a caminar y llegó a la avenida principal, donde, por primera vez, circulaban muchos autos lujosos. Mirando con atención, reconoció a los conductores como los mismos que hace un rato habían logrado llevarse un trébol. Cuadras más adelante, le extrañó la presencia de tantas mansiones que antes no estaban. La sorpresa fue inmensa cuando los dueños de las casas también resultaron ser personas que habían participado en la extracción de tréboles. A media mañana, leyendo el periódico, volvió a identificar a un sujeto: un pintor que de forma rápida e inesperada había alcanzado la fama mundial con sus cuadros. A Isidoro le costaba creer lo que estaba sucediendo, "¿realmente los tréboles de cuatro hojas dan buena suerte?".

Corrió a la biblioteca, pidió un libro y tras la página sesenta y tres encontró un nuevo trébol. Después de semejante hallazgo, se arrojó a la irracional búsqueda de las páginas sesenta y tres de cada texto disponible y en todas se topó con aquel pétalo de la fortuna. Los juntó todos, uno en cada página de la novela que había pedido y regresó a su hogar. Pensó haber enloquecido cuando al llegar, descubrió que todas las hojas, menos la sesenta y tres, estaban vacías; entonces supo que ese diminuto portador verde de la suerte solo sobrevivía en el número de página original donde siempre era encontrado.

Sin un atisbo de cordura e intentando remediar el error del día anterior, volvió a la biblioteca con la intención de hacer las cosas bien. Empezó a pedir prestados los ejemplares de a uno, los llevaba a su casa, extraía el trébol de la página correspondiente, lo molía y sembraba los restos en el patio, luego regresaba al aula de lectura, devolvía el libro y pedía otro, repitiendo el proceso hasta que casi no hubo obra sin registrar.

Un día, iba en dirección a su casa con el último libro bajo el brazo cuando se encontró con su amigo. Pensando que esta vez lo convencería sobre el asunto de los tréboles y la experiencia anormal que estaba teniendo, sacó el tesoro de cuatro hojas para enseñárselo, pero antes de que el escéptico pudiera ver, una fuerte brisa lo hizo pedazos en el aire, perdiendo sus restos secos en la inmensidad del espacio.

—Tienes muy mala suerte.

—Solo hasta hoy —respondió con tono de satisfacción y una sonrisa burlesca que dejó a su interlocutor en un mar de dudas.

A la mañana siguiente se levantó muy temprano y la alegría invadió todo su ser al ver el patio repleto de tréboles. Se lanzó sobre el prado bendito y quedó un instante tendido: "¿Qué debería hacer ahora?", pensó lleno de emoción. Cortó muchas de las plantas recién nacidas y las fue poniendo en los bolsillos, el cinturón, la correa del reloj, su billetera, calcetines, ropa interior y zapatos; puso los pétalos donde pudiera afirmarlos para impregnarse de buena suerte y dejó unos pocos sin arrancar por si necesitaba más fortuna en el futuro.

Cuando dio el primer paso en la calle, un auto se detuvo frente a él; descendieron dos sujetos con elegantes trajes que le informaron del fallecimiento de su tío Aníbal, quien había emigrado a Checoslovaquia hacía años. Estaba a punto de decirles que jamás había oído hablar de ese tío cuando comenzaron a sacar del vehículo enormes sacos repletos de dinero, sesenta y tres en total. "Esta es la herencia de su difunto tío que le corresponde", dijeron los informantes y tan rápido como llegaron, desaparecieron.

El heredero estaba impresionado de lo rápido que habían actuado los tréboles, mientras palpaba los billetes para convencerse de que todo era real. De pronto, un nuevo auto se detuvo y varios hombres bajaron; le dijeron que había ganado el premio mayor de la lotería y dejaron otros sesenta y tres sacos de dinero. De un momento a otro, el patio se vio atestado de bultos millonarios y las noticias de fortuna no paraban de llegar.

—Señor, es usted el ganador de una casa.

—¿Cómo? Pero si nunca he participado en nada, tampoco me he inscrito a un concurso.

—Se trata de un sorteo para todos los ciudadanos, señor, no había necesidad de inscribirse.

Segundos después, una caravana de camiones gigantes se presentó en la entrada y repartidores uniformados iniciaron la mecánica entrega de diversos artículos: refrigeradores, televisores, equipos de sonido, computadores, comedores, hermosos tapices, tinas de baño, lámparas, camas, incluso comida suficiente para un siglo; todos premios de sorteos estatales, tiendas o instituciones benéficas. La casa del ganador ya no daba abasto, los electrodomésticos se asomaban por las ventanas y el patio era un mar de muebles amontonados, sin contar los sacos de dinero repartidos por el lugar. Era demasiado y todavía quedaban camiones sin abrir.

—¡Por favor, deténganse! Esto es excesivo, ya no tengo más espacio.

—Lo siento, señor, pero tenemos el deber de entregar todo hoy y sin excepciones.

El desfile de premios continuó sin considerar la petición del dueño de casa o el espacio cada vez más reducido. Para colmo de Isidoro, un nuevo anuncio de suerte llamó a la puerta: gracias a numerosos sorteos televisivos, había ganado sesenta y tres autos que quedaron estacionados afuera, tapando la salida de los camiones y ocupando toda la calle. El atochamiento que se armó trajo caos en menos de un minuto; los camioneros y conductores que pasaban por ahí pedían que sacaran los vehículos, pero el dueño ni siquiera sabía manejar, entonces las palabras amables se fueron transformando en insultos, amenazas y bocinazos.

Luego llegó la prensa y los canales de televisión; los periodistas bombardeaban la escena con insistentes preguntas, querían saber qué se sentía ser el hombre con más dinero y suerte del país. Las cámaras captaron el rostro del afortunado y lo difundieron por todos los continentes en cuestión de segundos. Entre bocinazos, camioneros furiosos, improperios, preguntas, ruido de motores, el desastre en que se estaba convirtiendo su morada y la llegada inter-

minable de más camiones, autos y periodistas, la cordura de ese pobre individuo se empezó a quebrar.

—¡Váyanse, por favor!, ¡No quiero más suerte, es suficiente con la que tengo!, ¡Que se termine esto de una vez!

Desesperado, concluyó que el exceso de suerte podía deberse a la gran cantidad de tréboles con que había decorado su cuerpo, así que se despojó de ellos y los pisoteó en el suelo. Tenía razón. "Don Isidoro, como obra divina su tío ha resucitado, por lo que esta herencia ya no le pertenece", "Señor, lamentamos informarle que el sorteo de lotería ha sido anulado porque el cartón estaba mal impreso". Así, fueron apareciendo las mismas personas que unas horas antes traían cosas, pero esta vez para llevárselas. Todos los sorteos resultaron ser un fraude y de a poco la casa comenzó a vaciarse y la calle a despejarse. La prensa desacreditó a Isidoro, lo acusó de farsante, los periodistas se retiraron indignados y la tranquilidad parecía restablecida hasta que se presentó una pareja de inspectores municipales. Le cursaron infracciones por estacionar sin permiso y de forma indebida en la vía pública, por perturbar el tránsito y tirar basura en la calle, ya que los repartidores habían dejado cajas, amarras, papeles y un montón de porquería.

Luego, representantes de casas comerciales irrumpieron para cobrarle gastos de transporte por el retiro de artículos que no estaba incluido en el presupuesto. A ellos se sumaron agentes de cobranza por los daños causados a los vehículos y emisarios de impuestos internos del Estado solicitando el pago de una multa por no declarar la fortuna que había tenido en su poder.

Isidoro buscó algún pétalo verde para arreglar la situación, pero no tuvo éxito: los que llevaba puestos esa mañana estaban pisoteados y la reserva del patio se encontraba hecha mil pedazos, víctima de la agitada jornada. Invadido por la angustia, cayó rendido al suelo y apoyó su cuerpo en la reja de entrada.

Mientras el protagonista de esta desafortunada historia yacía lamentándose por haber convertido su buena suerte en desgracia, el picadillo de trébol, que la brisa le había arrebatado el día anterior, entraba por la ventana de la biblioteca y elegía la página de un viejo libro para acomodarse y esperar al próximo cazador de suerte.

del cuarto. Corrió nerviosa hasta la escalera y al pisar los primeros peldaños se encontró con su madre.

—Voy a comprar, pero vuelvo pronto.

La mujer la miró contrariada, tratando de comprender lo que oía y veía.

—Mamá, ¿Qué te pasa?

—¿Qué haces en mi casa y saliendo de la pieza de mi hija?

—¿De qué estás hablando, mamá?

—¡Retírate de mi casa inmediatamente! —respondió molesta, en tono amenazante.

Desconcertada, Gabriela intentó tranquilizar a su progenitora, explicándole, por muy absurdo que fuera, que era su hija, pero la señora parecía no entender y su enojo se iba transformando en cólera.

—Si no te vas en este momento, yo misma te saco o llamo a la policía. No voy a permitir que una mocosa ladrona entre en mi casa y además tenga el descaro de burlarse de mí.

A pesar de lo extrañada que se sentía ante tan ridícula situación y lo impaciente que estaba por salir a comprar su preciado maquillaje, la muchacha insistió en defender su identidad, sin embargo, parecía imposible que su madre entrase en razón. De pronto, la mujer se percató de que la supuesta intrusa vestía con las prendas de su hija y estalló en ira.

—¡Cómo te atreves a robar la ropa de Gabriela, quítatela!

—¿Te volviste loca, mamá?, ¡esta es mi ropa, yo misma la compré!

Entre gritos, la dueña de casa se abalanzó sobre la joven, intentando desvestirla a tirones; en ese violento forcejeo, perdieron el equilibrio y rodaron escaleras abajo.

Cuando la madre recobró el conocimiento, se acercó a la chica que yacía inconsciente. Al intentar voltear su cabeza se dio cuenta de que la caída le había roto el cuello. La macabra escena alcanzó su clímax en el momento en que reconoció en aquel rostro a Gabriela.

La sangre había pintado sus labios y mejillas.

LA MEMORIA ES FRÁGIL

*Es tan
común
olvidar*

Bernardo era profesor de jornada vespertina en la Universidad más importante del país y se caracterizaba por jactarse de saberlo todo. Descalificaba a sus colegas cada vez que tenía oportunidad y siempre tachaba a sus alumnos de ignorantes. Presumía tener la memoria más eficaz del mundo, pues era capaz de mencionar fechas y citar las palabras exactas de diferentes acontecimientos históricos sin equivocarse. La verdad es que, por muy desagradable que fuera, nadie podía contradecirlo porque su precisión memorística era sorprendente, recordaba hasta el detalle más mínimo, y nunca olvidaba.

Una noche, el presumido maestro se retiraba satisfecho después de impartir su última clase y haber demostrado, como de costumbre, lo mucho que sabía, lo magnífica que era su mente y que era el mejor y más sabio ser humano. El cielo estaba estrellado, la temperatura era agradable y el día había sido perfecto. Se sentía tan bien que ni siquiera le molestó la tardanza habitual del microbús que lo dejaba en su casa.

Al oír un motor, miró a su izquierda y dos focos grandes le indicaron que el transporte se acercaba. Enfocó el letrero con la mirada para asegurarse de que fuera el bus correcto, pero no pudo descifrar lo que decía. Pensó que se debía a la distancia y cuando estuvo más cerca intentó otra vez; no logró entender el significado del cartel y el vehículo pasó de largo.

Preocupado por lo acontecido, sacó un libro de su maletín, observó la portada y quedó perplejo: no se trataba de

un problema a la vista… había olvidado cómo leer. Negándose a aceptarlo, abrió el libro, pasó las páginas con desesperación y esto solo confirmó lo evidente. "Tranquilo, quizá está en otro idioma" pensó histérico, entonces extrajo los apuntes que él mismo había escrito horas antes para la clase, comprobando que, efectivamente, no podía leer. Trató de escribir, creyendo que eso terminaría con la confusa pesadilla, pero tampoco supo cómo hacerlo.

Se tranquilizó a sí mismo con la idea de una posible laguna mental y se animó a pedir ayuda a un hombre que pasaba, sin embargo, cuando estuvo frente a él, no pudo articular palabra alguna. El individuo lo miró extrañado y siguió caminando; Bernardo lo persiguió corriendo para intentar explicar su situación, pero esto, sumado a la ridícula actitud que tenía y los sonidos sin sentido que salían de su boca, solo espantó al sujeto: "¡Déjeme en paz, aléjese!"

A esas alturas no sabía qué hacer, el pánico se había apoderado de cada rincón de su ser. De pronto, vislumbró otro microbús a lo lejos, emprendió una torpe carrera para alcanzarlo y cuando estuvo a unos pasos del paradero cayó al suelo. Pensó que había tropezado con algo e intentó ponerse de pie, pero las piernas no le respondieron… había olvidado cómo caminar.

Mientras la desesperación lo convencía de haber enloquecido, comenzó a sentir que se estrangulaba; el aire empezó a faltarle de a poco hasta que su inspiración cesó.

También había olvidado cómo respirar.

RESULTADO TARDÍO

La noticia
más tardía
es la que llega
después
de la muerte

Esteban ingresó al hospital para entregar las muestras que doctores de distintas especialidades le habían solicitado. Traía un frasco con orina, otro con fecas, cabellos en una bolsa, un puñado de uñas, unas cuantas durezas de pie, cinco pestañas, dos lagañas, una botellita con saliva, recipientes con mucosidades, flemas, lágrimas y sudor, además de un diente de leche que, por suerte, había guardado en el cajón de los recuerdos. Llevaba cuatro meses en esos trámites y por fin sabría qué enfermedad extraña lo afectaba.

Dentro de la consulta tuvo que soportar el asco mientras el médico examinaba sus ejemplares corporales, verificaba que estuvieran frescos y analizaba el color, olor, espesor y cantidad. El profesional no le dio importancia a la expresión de disgusto del paciente, siguió con su observación y cuando terminó le informó que enviarían las muestras a Israel porque ahí contaban con la tecnología para los estudios requeridos.

Luego de tres semanas, recibió una carta del Instituto Médico de Israel que abrió enseguida, urgido por conocer los resultados de los exámenes, pero no pudo entenderla porque estaba escrita en hebreo. Desconcertado, pensó en alguien de esa nacionalidad o que hablara el idioma, pero no conocía a nadie; fue al hospital esperando encontrar orientación, sin embargo, nadie pudo ayudarlo; caviló un instante, preguntándose dónde podrían traducir el documento, hasta que una posibilidad vino a su mente: la embajada. Una vez allí, el recepcionista leyó la carta y miró al recién llegado con extrañeza.

—¿Qué dice? —preguntó Esteban.

El hombre no respondió.

—Señor, ¿qué dice la carta? —insistió con frustración mientras se rascaba la cabeza. Se restregó con tal fuerza que desprendió un enorme trozo de cuero cabelludo con pelos, pero esto no lo espantó ni pareció causarle dolor, al contrario, era como si le hubiese aliviado la comezón. Al no obtener respuesta, volvió a mirar con ojos interrogantes a su interlocutor, quien, con un hilo de voz, comenzaba a verbalizar lo que el documento decía; cuando vio el casco del herido, cayó desmayado por la impresión. "¡No puede ser!", dijo Esteban enfurecido, arrebatando la misiva de las manos del desfallecido.

Al salir del edificio, decidió regresar al hospital. Mientras caminaba, se mordía las uñas y luego las arrancaba con los dientes, pero estaba tan ocupado pensando en cómo solucionar su problema idiomático, que no se percató del sangriento acto que estaba cometiendo.

Apenas entró, pidió hablar con el médico que lo había atendido. Una vez que lo tuvo enfrente, intentó explicarle su dilema, pero el especialista no lo escuchó porque estaba más preocupado de la lesión que dejaba a la vista el cráneo.

—Doctor, ¿usted sabe cuáles son los resultados de mis exámenes?, ¿entiende lo que dice esta carta? —consultó despellejándose el brazo y dejando al descubierto el hueso.

El doctor quedó atónito ante tal espectáculo y no supo qué decir.

—Me parece pésima la atención que he recibido hoy y su falta de preocupación ¡En este lugar nadie me da respuestas!

—se quejó el convaleciente iracundo al tiempo que se le caían los dientes y arrancaba de raíz pestañas y cejas sin alarmarse.

Al final, no tuvo más opción que tomar un vuelo a Israel para obtener información sobre su estado de salud lo antes posible. Al interior del avión soportó durante todo el viaje un olor a putrefacción que inundaba los pasillos. Horas después, al ponerse de pie para descender, la pulsera de su reloj quedó atorada en el brazo del asiento; la azafata huyó despavorida al ver que, tirando, el hombre se había arrancado la mano sin inmutarse. Luego tomó un taxi y al bajar, el cordón desatado de su zapato se enganchó en la puerta. Todo sucedió en cuestión de segundos: el vehículo se puso en marcha, el cordón tiró del zapato y la pierna del extranjero se fue veloz, arrastrada por el coche en movimiento.

Sin importar la pérdida ni mostrar atisbos de preocupación, siguió su camino cojeando hasta llegar al Instituto Médico de Israel y poner sobre el mesón de recepción el sobre. La asistente, espantada ante semejante esperpento, sacó fuerzas de flaqueza, leyó la carta y lo derivó con urgencia a la sala setenta y dos.

El desvencijado hombre obedeció y cuando atravesaba el corredor en dirección al lugar indicado, el ojo izquierdo salió de su cuenca y rodó por el suelo, que también estaba manchado con la sangre de su mejilla en carne viva.

El médico israelí se escandalizó al abrir la puerta, pero antes de poder decir o hacer algo, el deshecho paciente le exigió saber el significado del documento que ellos mismos habían enviado. Según el informe, había muerto hacía un mes.

Esteban dio media vuelta y se marchó. Su cuerpo siguió deshaciéndose hasta que sucumbió por completo ante la podredumbre.

FRENESÍ

La muchedumbre reclamaba a su ídolo. El escenario estaba atiborrado de cables, equipos de sonido, instrumentos y otros de los tantos implementos que hacen posible un concierto, pero del artista no había señales.

Después de un largo rato, hicieron su aparición los músicos, mientras el público aplaudía con entusiasmo creyendo que el cantante subiría al escenario, sin embargo, la banda comenzó a tocar sola. El preludio se extendió por varios minutos y sirvió para impacientar a los presentes, quienes, con actitud impía, manifestaron su enojo gritando y arrojando latas de bebida a los intérpretes.

La armonía se detuvo en el acto, los focos iluminaron el escenario con diversos colores y los instrumentos volvieron a la acción, pero esta vez con una melodía que los oyentes reconocieron de inmediato, estallando la histeria colectiva. Las mujeres lloraban y los hombres gritaban por él, todos deseaban verlo, no podían seguir aguantando la eterna espera. De pronto, en medio de la escena, apareció.

Ovaciones, flores en el aire, manos estirándose para tocarlo y voces pidiendo canciones, llenaron el lugar cuando su voz irrumpió dando inicio al primer tema de la noche. La emoción de la gente se transformó en una incontrolable

locura; unos pocos, los más osados, se lanzaban al escenario antes de ser aprehendidos por los guardias.

Después de la tercera canción, el desenfreno subió de nivel. Deseaban tocarlo, arrancar un trozo de su ropa, quedarse con alguno de sus cabellos; cualquier cosa que le perteneciera y luego pudieran venerar en sus casas, servía. Mientras tanto, la música, los gritos, la pasión y el frenesí seguían retumbando por los rincones del estadio.

La atmósfera continuó así por al menos una hora. Los espectadores parecían hipnotizados por las órdenes del vocalista: si él decía que cantaran, cantaban; si pedía que bailaran, lo hacían; y así con todas las indicaciones, obedecían ciegos a su líder.

De forma repentina, el encanto cesó; la noche de efervescencia musical había llegado a su fin. Los músicos se despidieron agitando la mano en alto y se retiraron, encolerizando a las personas que no querían irse ni, mucho menos, dejar ir al *frontman* de la banda.

Para dar cierre al espectáculo, el adorado artista se aproximó al borde del escenario e hizo una reverencia sin saber que estaba cometiendo el error más grande de su vida. Las manos fanáticas lo agarraron e hicieron caer al suelo, donde la masa enloquecida se abalanzó sobre él. En ese momento, el deseo inocente de tener uno de sus cabellos se tornó demente y, como pirañas, empezaron a desgarrar su cuerpo. En una salvaje contienda, se pelearon por los dedos, las vísceras y los huesos hasta que no quedaron partes para tomar.

La multitud salió del recinto maravillada, cada uno de los asistentes cargaba un resto del cantante. Con la cancha despoblada, solo quedó visible la basura repartida por el suelo y una mancha oscura en el sitio donde el artista dio su último respiro; fue lo único que no se pudieron llevar.

EL PLAN

Los
cabos
sueltos
siempre nos
traicionan

El reloj rompe el silencio una y otra vez con su tictac. Los niños que juegan en la calle esa calcinante mañana de verano golpean un vehículo con su balón y la alarma comienza a chillar. Me sobresalto. Las ventanas están cerradas, pero el ruido penetra con facilidad en la sala, turbando mi concentración. De pronto, los nervios me traicionan y bloquean mi razón, empiezo a ver las letras borrosas, escribo con pulso tiritón lo poco que mi cerebro me va revelando, el lápiz se resbala de mis manos sudorosas y rueda por la mesa, pero lo alcanzo antes de que llegue al borde.

En ese momento, me invade una idea de la cual no soy muy partidario, pero que puede sacarme de apuros. Unos pasos interrumpen mi cavilar, entonces me pongo en guardia y vuelvo a leer. El sonido del reloj me marea y una sensación de malestar digestivo repentina me exige correr al baño, sin embargo, me quedo en mi puesto, queriendo y a la vez no, llevar a cabo la idea que se ha instalado en mi mente; solo debo dejar caer el bolígrafo.

Otra vez los pasos, el tictac y mi estómago rugiendo. La alarma cesó hace unos segundos, pero mi mente no puede despejarse. La mirada desenfocada, los tiritones y

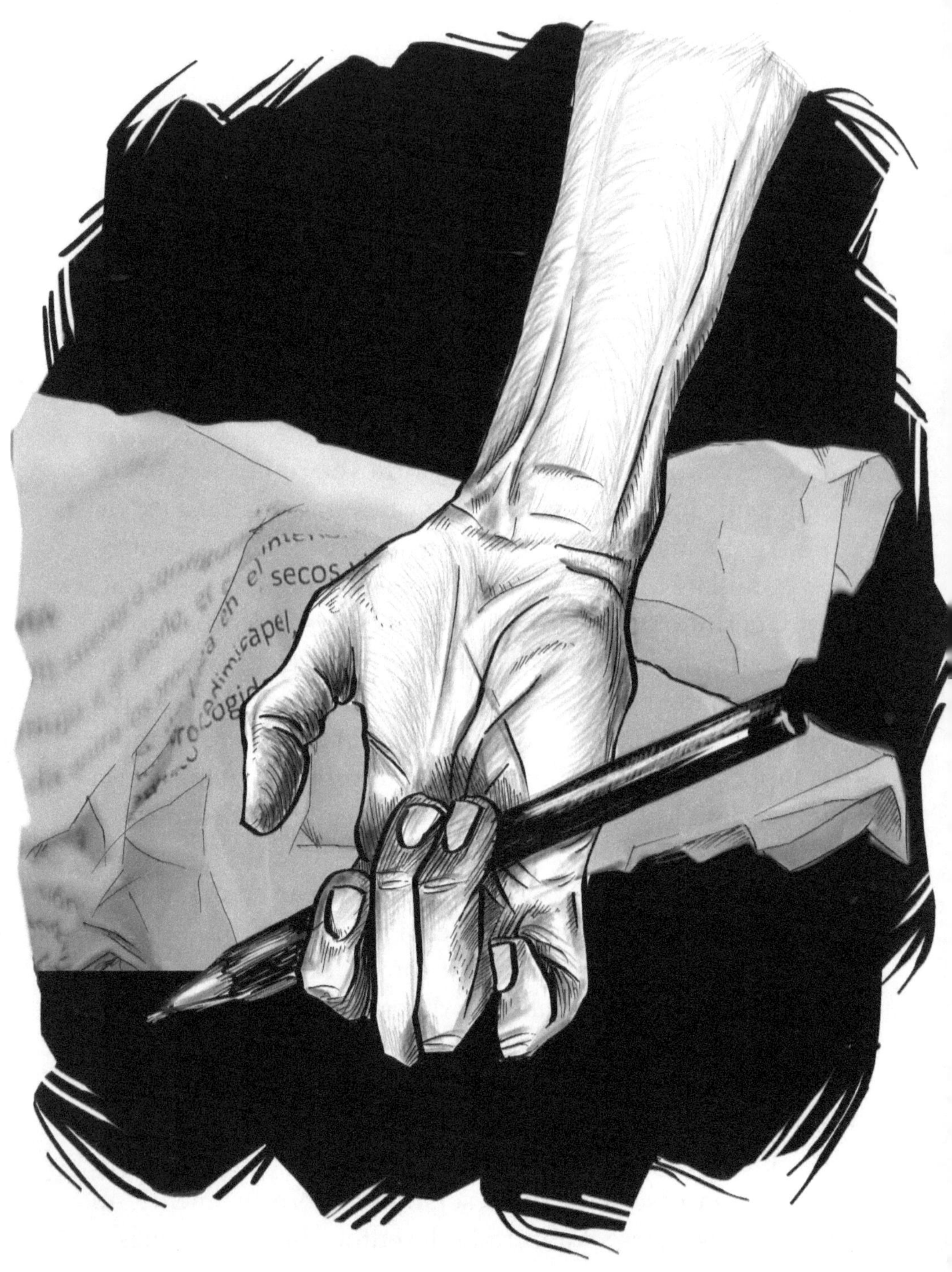
en el inter...
en el secos
dimicapel
rocogid

el sudor son la prueba de que los nervios me han despojado del control total de mi cuerpo.

Debo ser rápido, pronto el tiempo se acabará y no tendré salvación; me advirtieron: esta es mi última oportunidad. Me animo a soltar con lentitud el lapicero, pero me detengo en seco al percibir los pasos cerca. Está decidido: esperaré que se alejen y cuando estén a una distancia prudente, pondré en marcha mi plan.

Una gota de sudor avanza por mi frente, cae sobre la hoja y aunque logro secarla a tiempo, no puedo evitar que deje ilegibles un par de palabras. "Qué más da, ya he dejado pasar mucho tiempo, creo que es hora de hacerlo".

Dejo rodar el lápiz por la mesa, nadie se ha dado cuenta de mis movimientos. El ruido del metal contra el piso es la señal, así que me inclino hacia la derecha con el pretexto de recoger lo que he botado. En esa posición, puedo ver con claridad el papel del pupitre de al lado y su contenido, y una sensación de alivio me llena el alma. Ya está hecho, ahora solo tengo que… "¡Oh no, los pasos!".

Segundos después, me encuentro sentado en mi puesto, paralizado por la impresión, mientras el profesor se lleva mi examen reprobado por copiar las respuestas de mi compañero.

DESADAPTADO

*Cambio de
paradigma*

Dante abrió los ojos, miró la hora y se levantó de la cama a toda velocidad. Se vistió con rapidez, le dio un beso a su esposa que, aún dormida, balbuceó algo inentendible, y salió de la casa mientras se arreglaba la ropa y el cabello. Le pareció extraño que en la avenida no circularan vehículos, ni siquiera el transporte público. Era tarde y no podía esperar, así que emprendió camino corriendo.

Al entrar a la oficina le sorprendió que su compañero no hubiese llegado; miró el reloj mural y se reprochó. Nunca estuvo atrasado, recién faltaban un par de minutos para las siete de la mañana. Un poco más aliviado, volvió la mirada hacia la pared, había notado algo extraño en el aparato; en lugar de la habitual y única secuencia circular de números, había tres: la primera marcaba los segundos, la otra los minutos y la de más adentro las horas, y giraban de manera independiente alrededor de las manecillas, que se mantenían estáticas. Quedó paralizado un momento, le pareció desconcertante que un reloj funcionara a la inversa, pero decidió no dar tantas vueltas al asunto. "Debe ser un nuevo diseño", pensó.

Se sentó en su escritorio, presionó el botón para activar la computadora, pero no funcionó, el teclado no respondía.

En ese momento llegó su compañero que, al verlo lidiar con la máquina, se acercó para ayudarlo.

—Hola, Dante, déjame darte una mano —sacó una extraña pinza del cajón y empezó a retirar las teclas.

Confundido, permitió que su colega se encargase de aquel teclado de última generación mientras avanzaba con otros asuntos del trabajo. Se dispuso a anotar unos datos en su libreta, pero el lápiz no rayaba.

—¿Qué estás haciendo? —preguntó extrañado el compañero.

—Quiero escribir, pero parece que a mi lápiz se le acabó la tinta, ¿me prestas el tuyo?

Al oficinista le pareció de lo más ridículo el comentario y se echó a reír; cogió una hoja, pasó por encima un pequeño rodillo entintado y luego trazó surcos blancos con su bolígrafo sobre la plana ennegrecida. Dante quedó boquiabierto; comenzó a cuestionar la sucesión de anomalías que había presenciado hasta entonces y la preocupación se apoderó de él. Su amigo, al ver la expresión inquieta en su rostro, le preguntó si se sentía bien, pero como no obtuvo respuesta, le ofreció tomar algo caliente para calmarse.

En la cocina, el desorientado sujeto fue testigo de una peculiar forma culinaria de preparación: el platillo sobre la taza, el agua hervida dentro del frasco de café y los granos saliendo por la boquilla de la tetera. No pudo soportar más ese sinsentido y estalló en indignación.

—¿Qué rayos te sucede?, ¿por qué te comportas como un loco?, ¿eres idiota?, ¿acaso no sabes que el agua va en la tetera? ¡El café se toma en la taza, no en el platillo!; ¡la tinta va dentro del lápiz, no sobre la hoja!; ¡las teclas del compu-

tador deben presionarse, no arrancarse! ¡Y las manecillas deberían girar como corresponde!

—Oye, cálmate, ¿de qué estás hablando?

Dante lo miró una última vez con severidad, salió de la oficina y se fue a su casa, no estaba de ánimo para soportar estupideces.

Su esposa lo escuchó quejarse por largo rato del desquiciado comportamiento de su compañero y al terminar le avisó que el almuerzo estaba servido. Cuando entró al comedor casi desfalleció de la impresión: la mesa estaba boca abajo y sobre sus patas figuraban acomodados los platos con comida.

NOTICIA VESPERTINA

Ser parte
de la
noticia

Basilio compra el diario vespertino, quiere ser el primero en informarse de los hechos ocurridos durante las últimas horas. Se sienta en un banco de la plaza de armas y, bajo la luz del foco, inicia su lectura.

Cuando llega al titular de la fuga de un loco, se distrae con el ruido de unas pisadas; en el espacio entre sus piernas y la parte inferior del periódico, ve pasar unas botas negras de taco alto, puntiagudo. Imagina que debe tratarse de una elegante dama y continúa leyendo.

"Hace pocas horas, un loco ha escapado del manicomio".

Unos zapatos negros bien lustrados interrumpen con su andar. Los observa por debajo del diario y piensa en un ejecutivo yendo a casa después del trabajo.

"El fugitivo ya ha cobrado una víctima".

Los mocasines desteñidos de un estudiante pasan por el lugar.

"Se trata de un enfermero, a quien le ha robado sus zapatos blancos".

Un par de bototos, posiblemente de un obrero, transitan rápido y atraen su mirada.

"El recinto se encuentra a pocas cuadras de la plaza de armas".

Los pies de una jovencita con sandalias y uñas pintadas.

"El loco es astuto y una persona en extremo peligrosa".

Los zapatos viejos y rotos de algún mendigo.

"Es capaz de asesinar a cualquiera que se cruce en su camino".

Alpargatas negras de artista.

"Sus manos mortíferas no tienen piedad".

Zapatos blancos de enfermero.

Se reporta una segunda víctima.

DANZA ONÍRICA

La música
estimula los sentidos,
las luces
nos transportan

Abajo, la pista llama a Nora, quien se deja seducir por la contagiosa y fuerte melodía de la canción.

Arriba, despiertan focos y proyectores giratorios con luces que forman espejismos extraños, casi oníricos.

Abajo, cientos de jóvenes se suman a Nora, moviendo sus caderas al ritmo de la música.

Arriba, los focos y proyectores desprenden cada vez más luces, convirtiendo la discoteca en un espacio irreal.

Abajo, Nora es absorbida por la danza, su cuerpo esbelto se menea con desenfreno y su ajustada polera comienza a empaparse de sudor. Los gritos de la multitud expresan exaltación y estimulan aún más el vaivén de cuerpos jóvenes y pegajosos.

Arriba, los focos y proyectores también bailan, sosteni-dos por una estructura metálica vieja y oxidada que re-

china sin cesar, pero nadie lo nota porque el sonido se pierde entre el bullicio fiestero.

Abajo, Nora se deja llevar por la locura colectiva hacia un estado fuera de control y se desahoga gritando palabras obscenas sin dejar de bailar ni saltar.

Arriba, el ruido de los fierros que se retuercen aumenta.

Abajo, Nora y los demás siguen hipnotizados por el frenético y demente baileteo que se apodera de sus cuerpos, sin dar espacio al cansancio.

Arriba, los fierros están fatigados.

Abajo, Nora no cede.

Arriba, los fierros ceden.

Abajo, Nora sigue bailando.

Arriba, oscuridad.

Abajo, Nora cree seguir bailando.

Arriba, nada.

Abajo, el cuerpo de Nora aplastado por los fierros.

PRESENTIMIENTO CONFUSO

En lugares
tétricos
se piensan
cosas tétricas

Dámaso recordó la noticia del psicópata del abrigo negro mientras caminaba por una calle solitaria en medio de la noche. La información que había leído en el diario esa mañana se iba reuniendo en su mente a medida que avanzaba. El asesino había cobrado cinco víctimas aquel mes, todas encontradas con diez puñaladas en el pecho.

Asustado, apresuró el paso, la lóbrega callejuela estaba vacía. De pronto, escuchó unas pisadas que se movían rápido a sus espaldas. Creyendo que era el psicópata, temió por su vida y se echó a correr; las pisadas hicieron lo mismo.

Una joven mujer pasó en sentido opuesto, pero no pudo advertirle, solo alcanzó a ver sus ojos de terror antes de que los gritos de dolor se apoderaran de la escena. Escuchó cómo el puñal atravesaba la carne de su pecho diez veces hasta que el último alarido se apagó con la muerte.

Continuó su huida sudando a raudales y lleno de culpa por no haber sido capaz de enfrentar al criminal.

Llegó a su departamento temblando, colgó el abrigo negro en el perchero y limpió el arma ensangrentada, mientras pensaba en el periódico del día siguiente, anunciando que el número de víctimas ascendía a seis.

ESTRÉS

Una agotadora
tarde de cosecha,
en medio de los
parronales,
Tío Quico
nos narró una
extraña historia

Estuardo era un campesino que vivía para el trabajo. Todos los días, a las cinco de la madrugada, estaba en medio del terreno arado, sembrando y abriendo surcos para el regadío. Sus amigos le decían que no afanara tanto, que su rutina era una exageración y si no se cuidaba podía enfermar. "¡Todos ustedes son un grupo de holgazanes que rehúyen el trabajo, disidentes de la dedicación!", respondía y continuaba con su labor agachado, doblado por el peso de la pala, enterrado hasta las rodillas día y noche en el barro, sin que nadie pudiera hacerlo entrar en razón.

El sol desapareció tras los montes dando paso a un manto negro salpicado de estrellas. A esa hora Estuardo había terminado de sembrar, así que tomó el viejo espantapájaros y lo plantó en medio de los terrones. Al darle la espalda, el hombrecillo de paja se desplomó. Extrañado, lo volvió a ubicar en su lugar, pero sucedió lo mismo. El encolerizado labriego alzó al muñeco y, zarandeándolo, hizo un tercer intento de estacarlo en el lodo, mas no tuvo éxito; aquel conjunto de trapos se resistía a quedarse de pie. El perro del agricultor movía la cabeza de derecha a izquierda,

siguiendo con la mirada el forcejeo entre su amo y el maltratado contrincante.

Habiendo agotado su última reserva de paciencia, el hombre sostuvo una vez más al espantajo y lo clavó con fuerza en el suelo, diciendo:

—¡No entiendo por qué no quieres quedarte parado!

—Porque estoy cansado —respondió una voz.

El labrador miró en todas direcciones para ver si había alguien cerca, pero solo vislumbró silencio y soledad. Volteó la cara hacia el espantapájaros y se quedó viéndolo fijamente: no tenía ojos ni nariz, una única línea horizontal a modo de boca ocupaba aquel rostro vacío.

—¿Me dices que estás cansado?

—Por supuesto que lo estoy.

Creyó haber enloquecido al recibir respuesta de la criatura inerte y, pensando que podía tratarse de algo diabólico, decidió prenderle fuego. El perro presenció la incineración, escuchó los gritos de dolor de la víctima, presa por las llamas, y siguió a su dueño de regreso a casa.

Minutos después, recordando lo sucedido, aunque un poco más tranquilo, Estuardo acarició a su compañero canino y reflexionó en voz baja:

—Qué susto me dio ese maldito espantapájaros.

—A mí también.

EL PRECIO DE NO AYUDAR

Él lloraba
desolado
y nadie quiso
hacer suya
esta pena

Alfredo salió tarde de la oficina luego de un agotador día laboral. Mientras caminaba en total oscuridad, el silencio nocturnal se apoderó de sus sentidos y el frío, que clavaba la piel como una infinidad de saetas puntiagudas, le obligó a subir el cuello de su chaqueta. La neblina no le permitía ver con claridad, pero continuó avanzando en dirección a su hogar.

Como parte de su trayecto habitual, debía cruzar un puente muy transitado, pero esa noche se encontraba vacío, no se veía ni el más mínimo insecto. Aquel desolado paraje no lo amilanó y siguió. A mitad de camino, percibió una figura negra a lo lejos; no podía identificarla bien debido a la bruma, entonces se acercó un poco: se trataba de un hombre apoyado en la balaustrada, que miraba hacia el fondo del despeñadero. Pensaba en no darle importancia e irse cuando el sujeto saltó al vacío.

Sus pupilas se dilataron de asombro y corrió hacia el lugar mientras el individuo gritaba pidiendo auxilio. Se asomó, pero solo vio oscuridad. Buscó con la mirada si había alguien cerca que pudiera ayudarlo, pero la calle estaba desierta. Consideró llamar a emergencias, sin embargo, desistió de esta idea; era demasiado tarde para socorrerlo.

¿Qué podía hacer entre tanta oscuridad? Al final decidió no involucrarse en cosas que no le incumbían y se marchó.

Horas más tarde, su plácido sueño fue interrumpido por horribles pesadillas. Veía el cuerpo destrozado del hombre en el barranco que, aún consciente, le suplicaba a gritos que lo ayudase.

Un mes después del trágico suceso, las terroríficas escenas oníricas seguían atormentándolo; despertaba sobresaltado, bañado en sudor, hasta que una noche, presa de la desesperación, se levantó de la cama, corrió al puente y se paró en la orilla, en el mismo sitio donde había visto caer al individuo. "¡Déjame en paz!", gritó al viento con los ojos desorbitados, esperando una respuesta.

En ese momento, Carlos cruzaba por el puente y lo vio apoyado en la baranda. No le prestó mucha atención. Cuando lo vio saltar pensó en ayudarlo, pero no lo hizo.

Al llegar a casa y caer dormido, tuvo terribles pesadillas.

EVOLUCIÓN

El exponente explicaba en la defensa de su tesis que el ser humano no provenía del mono, sino que del avestruz. Los murmullos agrios de los presentes fueron reemplazados por comentarios en voz alta llenos de indignación. El expositor no tomaba en cuenta las manifestaciones del público y continuaba desarrollando su idea de la evolución, desde el Avestruz, pasando por el Aveserectus y Aveshábilis, hasta el Avehumano.

Los espectadores alegaban con vehemencia, mientras sus cabezas se iban achicando.

"El Avesapiens era el más inteligente…".

Las personas le exigían que se retirara. Sus cuellos se alargaban.

"El Avessapiens-sapiens, era el avestruz moderno".

El auditorio enardecido se iba vaciando. La gente se levantaba furiosa, cubierta de plumas en vez de abrigos.

Fin de la exposición.

La calle recibió las pisadas de largas y delgadas patas.

Los avestruces se perdieron a lo largo de la avenida.

EL VIAJE

Luego de una larga noche de desvelo, subió al bus adormilado. A su lado se sentó una regordeta, en el asiento de adelante se asomaba la cabellera de una mujer rubia y en la fila contigua, una pareja de ancianos conversaba con parsimonia.

El bus se puso en marcha; después de cabecear un par de veces, se rindió ante el sueño. Despertó de golpe y todo estaba oscuro, por un momento pensó que aún dormía, pero se le hizo extraño porque había emprendido viaje en la mañana y el trayecto duraba tan solo dos horas. Con dificultad se levantó, le habló a su compañera de puesto y cuando sus ojos se acostumbraron a la penumbra, descubrió con terror que la obesa tenía la cara destruida.

Avanzó por el pasillo y tropezó con un cuerpo, era la rubia que yacía sin respiración. Un poco más adelante, encontró a la pareja de ancianos en el eterno descanso de la muerte. El conductor se hallaba destrozado sobre el manubrio.

Pateó la puerta con fuerza y descendió desesperado. El vehículo se había desbarrancado; era el único sobreviviente.

Las luces del carro de bomberos y la policía iluminaron la escena: los rescatistas bajaban los cuerpos sin vida, primero de la pareja, luego de la rubia, después el de la regordeta.

Un terror inmenso se apoderó de él, al ver que el último cuerpo que cargaban era el suyo.

PROTAGONISTA

Luego de estudiar la cartelera por unos minutos, Tezcatl escogió una película de zombis.

La sala estaba iluminada por luces tenues. De pronto, todo se oscureció y la pantalla gigante se encendió.

La primera escena mostraba un cementerio, cuyas lápidas descansaban bajo la luna llena. De una de las tumbas comenzaba a asomar con lentitud una mano podrida.

De improviso, la sala quedó a oscuras. Cuando la pantalla volvió a transmitir, Tezcatl pensó que habían cambiado la película, porque ya no se veía el cementerio, sino numerosas butacas con personas mirando hacia adelante.

Un resplandor le molestó la vista. Era la luna llena que lo alumbraba.

No alcanzó a comprender nada, solo a ver las caras de terror de los espectadores, antes de que una mano cadavérica lo tirara del tobillo, llevándoselo a las profundidades del abismo.